KB056720

글벗시선 107 김성수 네 번째 시집

길 잃은 바람

김 성 수 지음

도서출판글벗

길 잃은 바람

김성수 시집

길 잃은 바람과 세월 동행

구름 아래 걷는 발걸음
뒷굽에 눈물 고이고
이리저리 길 안내하는 바람아
어디로 가란 말이냐

하나둘 만난 인연 동행하며
찢어진 의복 한 벌 귀 떨어진
사발에 허전함 끼니로 채우며
산봉우리 지는 석양 잡아먹는
바다의 입에 함께 빠지고픈
길 잃은 그림자
긴 한숨에 낮달 잠든다

동행하던 열두 마음 하나둘
떠난 길엔 고단함만 잠들고
열두 대문 잠긴 채 불 꺼진

산막에 어둠만이 잠들어 있다

가도 가도 끝이 없는
갈림길에 앉아 쉬려할 때
노송이 던지는 빛바랜 솔잎 하나
가슴에 주먹질하는 공허함
어서 가라 한다

얼마쯤 가야 산 그림자 떠난
재 너머에 서성이며 길 잃어
방황하는 바람 기다리고 있으려나
잡아끌어 데려가는 세월아
너는 쉬어가는 걸 잊었나

2020년 8월
저자 김성수

차 례

제2부 품지 못할 꽃

제3부 이것이 사랑이더라

제4부 고단한 삶

제5부 밤에 우는 파도

제1부

숨어 하는 사랑

작은 잎새의 이별

이젠 더 이상 남아있어야 할 이유가 없는 것 같아

찬바람 얻어맞으며 곁을 지켜주는 것이
여기까지인 것만 같아

벌써 시간이 앞서가며 손짓하네.
아무것도 해줄 수 없는 이 몸
너의 외로움 함께 할 수가 없어

미안해

가녀린 작은 몸 떨어져도 갈 데가 없어
앙상한 너의 쓸쓸함 곁에서 함께 하여 줄게
추운 겨울 발 시릴까 봐 너의 발 덮어주며
너와 함께 잠들 수 있어 기뻐

이대로 너를 두고 가진 않아 너와 함께 할 거야
내가 깊은 잠에 있을 때 또 다른 인연으로 다가올
그 날을 기약하며 외로워도 견뎌내

나는 이제 갈게

보고픔

얼굴이야 두 손으로
가릴 수 있다지만
마음은 무엇으로
가릴 수 있나

보고 싶은 마음은
하늘처럼 멀리 떨어져 있고
광활하니 차라리 눈을
감을 수밖에

바다는 두 손으로
가려질 수 있지만
파도의 소리는
가릴 수가 없으니
차라리 가슴에
담아두는 수밖에

파도

출렁임에 모래들은 몸을 내어주고 눈을 감는다

하늘 높이 솟아 탑을 쌓는 물기둥 돌탑이 되려고
애를 써도 부서지며 주저앉는 소리
곱절 크게 지를 뿐이다

부는 바람은 길게 뻗어 올라 힘을 더해주지만
어린 아이 뒤뚱거리듯 걸음마에 넘어질 뿐
하늘 향해 물구나무 서본다

몸을 던져놓고 마음도 던져 길게 뻗은
하얀 다리 쓰러지고 모래집에 떨어져 아파할 뿐
도망하는 갈매기에 날갯짓 소리만 지를 뿐이다

다시

가을이 쓸쓸함은 혼자라는 것
시린 마음은 낙엽과 같아서
훌쩍 떠나고 싶은 마음은
그리움 찾아가고파 조금씩 더듬어 볼뿐

메마른 가지에 촉촉이 젖어있을 때 맺힌 물방울이
외로워 보이는 것은 아마도 너무 아름다워서
그리 보일 뿐
너를 떠나보내고 또 다른 너를 찾아 헤맨다

다시 시작해 본다
너를 찾으려고 차가움은 길을 막아서지만
다가가는 마음은 쉴 수가 없어 잠든 깊은 밤에
너를 부르며 찾아나서 본다

불타버린 지난 계절에 추억은 꺼낼 수 없지만
기억 속에 남아있는 너의 흔적만을 더듬어 찾아본다

폐가

춥고 시려서인가
마음 힘들어서였나
온기조차 없는 빈집엔
바람만 기거하고
쇳대 없는 대문
입 다물었다 벌렸다
이빨 가는 소리
마당에 갈색 염색한 잡초
품에 잠든 낙엽

버려진 연말

보고싶어진다
젊은 날에 초상
찾는 이도 없다
유일하게 찾는 이는 취해 소리 지를 뿐 시린 모습에
새벽부터 밤까지 문고리 두드리며 서성인다

눈 감고 조심스레 데려온다
웃고 화내고 미워하던 그날에 나를
미안해서일까
눈 뜨면 사라진다
따라가고 싶지만 세월이 막아선다

간간이 찾아와 꼬집고 꾹꾹 찔러대는 아픔에
고통은 어둔 밤은 기다리라며 참회하라 할 뿐
앞을 보지 못하는 두 눈은 밝게 비출 때
지금을 보지 못한 자만함이 더하다

보듬어 안는 옹알이에 아이
천대 속에 거들떠보지 않는 변형된 장애 같은 아이
그네들은 장애로 가는 것을 모를 뿐이다

철길 위 거친 숨 몰아쉬며 달리는 열차엔
많은 사연과 추억을 싣고 달리다
플랫폼에 내린 이들은 함께 할 수 없는 초라함만 남아
생을 다하여 다음 열차를 기다릴 뿐이다

텅 빈 바다

밤새 하나 가득
넘실대던 푸르름은
텅 비어 있고

이른 아침
살그머니 일어나
자던 갈매기 깨워 데리고
가버렸다네
갯벌 사내의 가슴속에
골만 깊게 남겨놓은 채

그렇게 잘 있으란 인사도 없이
잠든 사이 바람나서
바람 따라 바닷물 가버렸네
출렁이며 콧노래 부르고
항상 품에 안겨 있었는데
글쎄

그렇게 깊게 골만 패여 놓고
깊은 상처만 남긴 채
떠나버렸네. 기약 없이
기다려야만 하니

갈매기마저 떠난
텅 빈 가슴엔 쓸쓸함이
터져 너부러지고
차가움에 떨고만 있어야 하는
기구한 운명이네

홍매화

나는 보았다
그녀가 옷을 벗어
던지는 것을
눈을 감고 기다렸다

다른 모습으로
탄생한 듯
상큼하고
신선하기만 하였다
살며시 다가서
끌어안고 한참을 있었다

말이 없다
흔들림도 없고
미동도 없다
그녀는 이내
성숙해져 있었고

잉태를 하여
더 큰 모습으로
성장해 있었다

오늘도 먼발치에서
바라보다가
길에 있는 돌멩이를
발로 툭툭 차며
혼자 중얼거려본다

혼인

터질 듯 탱글탱글한 숫처녀 치마 벗기고
뽀얀 속살 그녀를 겁탈한 사내
결국 마늘 머슴 앞세우고 장가간다네
양파 총각이

붉은 고춧가루 연지곤지 찍어 새색시
온몸 달아올라 붉게 변하고 마냥 좋아라 하며
겹겹이 바지저고리 벗어 던지는 새신랑

초례상 액젓 백년가약 주 따라놓고
첫날밤 수줍음에 기절하여 축 처진 그녀에
알몸 총각은 품어 안고 있다

찬바람은 시리게 불어오고 방문 걸어 잠근 채
깊은 사랑에 빠진 그들은
언제쯤 문을 열고 나오려나
농익는 사랑에 신음 소리, 숨죽이고 깊어만 가는데

품

외롭고 쓸쓸하지?
얼마나 춥고 시리겠어
그 모습 변하지 않고 함께할 수 있어 너무나 좋아

기다려주고
언제든 반겨줘서
괴롭고 외로울 땐 으레 찾아와
곁에 우두커니 함께하며 위로를 받아가잖아

언제나처럼 그 아픔을 품어주고
보듬어준 너에게 항상 고마울 뿐이지
너 또한 힘들고 아파할 때는
높이높이 소리쳐 불러줘
달려올게

우린
늘 항상 함께하는 동반자잖아
훗날 내가 늙어 다시 찾을 때도 여느 때처럼
날 위해 춤을 춰주고
날 위해 철석이며 노랠 불러줘
그리움을 너의 깊은 품에 묻어 놓았으니까

갈매기는 여느 때처럼 안부 전해줄 거야

설계

얄팍한 가슴에
문풍지 울듯
떨림을 숨겨야만 했다

찢어지듯이
연모에 미래를
슬그머니 허락도 없이
도안해버렸지만

지울 수 없는
모조지 백지 위에
나만의 지도를
그려 펼치기도 전에
그녀는 이미 정해놓고 있었다

설계한 가슴속엔
너덜거리며

떨리던 문풍지같이
마음은 찢어지고 말았지만
상처를 치료하는 입김은
전신을 마비시키고 있었다

오월의 여인

처음엔 지나쳤어
울타리 너머로 내민 손
관심도 가지려 하질 안 했었지
진한 마취제 뿌리며 날 기절시키려할 땐
심장 뛰는 가슴 토닥이며 달래기도 했어

이제 조금 알 것도 같아

그냥 지나친 발걸음 심통이 났던 게지
붉은 얼굴 두껍게 덮어 속내를 숨기려 한걸

진심으로 말할까?

그대의 손으로 겉옷 벗기고 안아봐
혼미해지는 달콤한 마취는
곧 당신을 갖고 싶다는 신호일 거야
나풀대는 가녀린 입술은 나비의 날개

얼마나 갖고 싶으면
스스로 옷을 벗어 담장 넘어 던지겠어

오월에 붉은 입술에 여인
그 가시에 찔리고 싶을 만큼
아름답지만 가질 수 없잖아
차가운 겨울엔 시퍼렇게 얼어 떨고 있겠지만
품어 안을 수 없는 여인

깨진 술잔

술 한 잔에 찢어진 구름
한 조각 안주로 깨문다

떠가는 구름보다 못한 인생
아무리 잡으려 발버둥 처도
뛰어오를 수 없는 건
너무 많은 걸 먹어서였다

추스르지 못하고 채우려만
했던 건 경쟁이었나, 욕심이었나
오늘도 쓰디쓴 삶에 담금주 한잔
털어 넣고 너덜대는 구름 한 조각 씹어
비척거리며 걷는 발길
신발 밑창은 끌려만 온다

선홍빛 눈물 흘리지도 못한 채
가슴에 고여 출렁이고 빈 술잔을 들고
싸늘한 주검에 바람맞으며 오늘을 보낸다

괴로움

혼자서 할 수 있는 것에 대한
존재가 한계점에 멈추어 서면
심장은 불안해 한다

타이르며 다독여 보지만
눈은 영상물 부지런히
머릿속에 가져다 준다

무더위에 시원한 바람처럼
갈증에 물 한 잔처럼 기쁨이
가슴에 들어오면 비로소
웃을 수 있는 여유가
내게 말해 준다

그래서 또 괴로움을
물리치며 오늘을 살았다

겨울바람

아직도 청소할 것이 남아 있었나
잃어버린 겨울의 포근함에
잠든 초목 깨어나려 한다

저 능선에 앉아있는 태양도
두꺼운 옷 껴입고 웅크리고 앉아
재촉하며 발걸음 서두르니
넓은 품 내어주려는 바다는 분주하다

밤새 떨어서일까 등이 굽은 낮달은
잠에서 깨어나려 꾸물거리고
일어나라 재촉하며 끌어당겨
보초를 서는 구름마저 내쫓아버린다

찬바람 지나는 길 모두 등 돌리고
떠밀리는 해 붉어진 얼굴에
화나서 가는 모습 애처롭기만 하다

숨어 하는 사랑

몰래 마주 보며 얼굴 붉힐 때
후드득 팔매질하며 딘지는 솔방울
순간 껴안고 나무에 기대어 숨결을 느껴본다

빗나가 망가져 버린 채 힘겹게
잡은 허리에 느껴지는 경련
잡았던 손 풀어 놓아 떨어트리고

찢어진 운명 속에 떨어지는 눈망울
뺨을 타고 흐를 때
둘은 마주 보고 떨어지는
눈물 닦아주며 바라보는
모습에 슬퍼 외면해 버리는 얼굴
작은 떨림이 나지막하게 소리친다

바람도 비켜 가는 사랑은
감은 눈에 떨어지는 수정 같은 눈물 가쁘게 몰아쉬
는 숨소리는 깊은 키스 소리 덮어준다

몽돌

당신은
나를 적시기만
하고 마르기를
기다리지 않지만
나는 당신의 슬픔에 젖어
마를 날이 없다

당신은 나를 뒹굴려 모난 곳을
둥글게 만들어 놓고
기뻐하지만
나는 당신 따라
왔다 갔다 하려니
언제나 고단하기만 하다

숫처녀

계곡 속으로
들어가는
햇살
들어오지 못하게
치맛자락으로
감싸 감추려는
잎새에 몸부림
결국
허락하고
햇볕 사이사이
비추니
풀어헤친 푸른 잎들

제2부

품지 못할 꽃

겨울 바다는

겨울 바다는
쓸쓸해서 울고
추워서 울고
외로워서 운다

그나마 햇볕이 떨어져
위안되지만
외롭고 쓸쓸함을
달래주는 이 없고
함께 하는 이 없어
슬퍼서 또 운다

길

돌아갈 수 있음은
왔던 곳이 있기에
마음까지 던져놓을 수 있는
안식처가 있어서 일 것이다

혼자 가야 할 때
많은 생각과 번민 속에
싸워야 했고
동행할 때 느낌과
다퉈야만 했다

누군가는 돌아갈 길이 아닌
길이 있어서이고
함께하며 앞서거니 뒤서거니
목적지가 있기 때문일 것이다

어둠이 덮어 온몸 옥죄며

몰아세울 때 갈 곳 없는
마음에 방황은 가로등 질타에
고개 숙여야 했고
고인 눈물 흘리지 않으려
고개 들고 어두운 하늘
바라볼 때 별들의 위로에
넘쳐흐르는 눈물
뺨을 타고 흐를 때
눈물이 가는 길이었다

나는
돌아갈 길이 없다

파도(2)

소리쳐 뛰어 주저앉아
하얀 거품 토해 애꿎은
백사장 할퀴며 쳐다본다

떠가던 구름
나뭇가지에 걸터앉아
한참을 바라보고
뜨거운 한낮 햇살에
부서지는 애환을 달래본다

보따리 길에 내놓고
땅바닥 치며 통곡하듯
들리는 소리는
가난에 한 많은 설움의
영상물일 것이다

달려와 잡으려는 모습

잡을 수 없는 애절함
사연 있으려나
아픔이 있으려나
슬퍼하지 마라
멀지 않은 그 시절에도
그러했으니

누군들 달래줄 수 없고
소리쳐 외쳐보지만
지나는 발걸음마저
멈춰 서려 하지 않는 건
가뭄 들어 타 들어가는
정 때문일 것이다

쉼 없이 소리쳐 우는소리
어둠은 덮어 재우려 하고
그칠 줄 모르는 철석임에
밤은 깊어만 간다

이불

어둠은 나에게 옷을 벗겨 놓고
알몸으로 쓰러트려 재운다

이 불에 감싸 안긴 채
재우게 하고는
어둠은 조용히 곁을 지킨다

꼬끼오 우는 닭에
어둠은 이불속에 알몸이 된
날 더 재우려 하고
닭이 우는소리에
아침은 다가와
이불 걷어치우며
일으켜 세우려 애쓴다

어둠의 품에 안긴 채
알몸을 밤새 감싸준 이불이 그리워

아침이 내민 손이 싫어만 진다

밤새 곁을 지켜주던
어둠도 사라지고
아침에 호통의 소리
알몸 꿈틀거리며 일어나
비틀거리면서 하루를 시작한다

초심

빈 가지에 떠도는 마음 묶어 놓으니
툭 치고 간 바람 같지 않은 바람이
묶인 매듭을 풀려 했다

넘치도록 채워지지 않으면서도
바닥이 드러나지 않을 만큼만 비워져갔다
그러면서
함정을 인식하지 못한 채
벗은 영육을 진실이라 오판하며
고작 몇 근 남은 미래라는 운명조차
어리석게도 함몰시켜 버린 영혼
'독거다! 독거다!'를 외치며 너는 궁핍했다고
핑계를 대보지만
이미 지난 것과 떠나버린 것에 눈물 흘려도
알 수 없는, 알기 어려운 미래를 움켜쥐고
날아가 버린 파랑새
묶어 놓은 중독된 마음 털어 내려

소리 죽인 움직임을 이제야 알아차린 후

빈 가지에 떠도는 마음 묶어두니
툭 치고 간 바람 같지 않은 바람이
울면서 말하노라, 풀린 매듭을 다시 묶자고

아낙

아궁이에 지핀 장작 꺼져갈 즘
이글거리는 숯불 화로에 담아
방에 가져다 놓고 부뚜막 함지박 안에
그릇 씻어 시렁에 올려놓는다

치맛자락은 아궁이가 핥아서
누렇게 그을리고 코빼기 고무신은
자꾸만 벗겨진다

모두 잠든 깊은 밤 머리에 수건 두른 채
부뚜막에 정화수 떠놓고 소리 없이
입술만 움직이며 두 손바닥 달도록 빌고 또 빈다

무명치마저고리에 찌든 흔적
고단함을 말해주는 듯 뒷모습 낡은 채
초라한 아낙은 소중한 아내이며
하늘과 같은 어머니이기도 하다

길고 긴 겨울밤에
쪽문으로 들어오는 바람도 추운가
검게 그을린 부엌 아궁이 앞으로 모여들어
얼은 몸을 녹인다

홍시

호기심 많은 소녀는
널찍한 치마폭에 쌓여 아름답게
너울너울 춤을 추며 제일로 아름답게
되려 이른 아침부터 몸단장에 시간을
모두 탕진한다

뜨거운 햇볕에 성숙해지고
밤이슬에 곱게 가꾼 얼굴
석양빛 닮아 수줍은 숙녀가 되어
볼그스레한 그 모습
지나는 발길 멈추고 바라본다

이제는 감싸주던 치마 낡아 떨어지고
옹기종기 모인 형제들 떠날 채비 하며
잡은 손 하나둘 놓아 집을 떠나고
앙상한 뼈만 남은 노모는 허탈해한다

하나둘 떠나는 자식들 보내며
노년에 외로움에 쓸쓸함은 무엇으로 채우려나
왜 이리 해는 길게 머무나
곁에 지키는 자식 하나 까치 불러 모아
노랫소리 들으며 노모는 길고 긴 겨울밤을
지친 육신 힘겹게 지낸다

누룽지

게으름 피우는 아침
잠에 깨어나려 할 때
구수한 냄새는 살금살금 다가와
이불속 나의 콧속을 후비며 깨운다

아직은 어둡기만 한 새벽인데
찬바람도 밤새 떨다 추워
창문 틈으로 온몸 늘려
간신히 들어와 몸 녹이고
달그락달그락 부산하게
어둠을 깨친다

울 엄니 아침밥 짓는 소리에
깨어나 솥 안에 게으름피우던
하얀 쌀밥 엉덩이 다 타서 검게 되고
피어오르는 연기 구수하게 나를 깨운다
하얀 밥 납작 엎드린 채
달라붙은 누룽지는
덤으로 남겨주는
간식거리다

교통질서

동맥에 흐르는 적혈구 막히지 않게
잘도 흘러 흘러간다
적혈구에 승차한 모양새 다르지만
오로지 목적은 하나
종착역은 같다

아침에는 혈압이 높아져 가끔 사고도 나고
때론 저혈압으로 꽉 막혀 있기도 하지만
이탈하는 일은 극히 드물다

동맥 흐름이 쉬지 않고 달려주니
심장부는 건강하고
가는 길이 뻥 뚫린다
미래의 꿈길 따라

설날

시리고 아리다
차가움은 뜨거운 방안에까지 들어와
온몸 얼리려 하고 집사는 열심히 불을 지펴
냉기를 몰아내려 애쓴다

겨울 가뭄에 까치마저도 볼 수 없고
죽은 도시처럼 고요 속에 어둠이 깔리면
무서우리만치 고독에 허덕인다

오는 이도 없다
찾아오는 이 더욱 없고
안쓰러운 나뭇가지들 땅만 쳐다보고
능선에 노송도 고개 돌려 애써 외면하려 애쓴다

낮이나 밤이나 염불 소리 없는 암자보다
더 적막함에 간간이 쥐들에 도둑질 소리만 들릴 뿐
이다

벗이 되어주는 기계음에 시선은 언제나
자판 위에 고정되어있고 잘 입력된 프로그램처럼
손가락은 연신 움직인다

명절에 외로움은
노숙자가 더 즐겁겠다는 생각이
앞서기 일쑤다
불안과 초조함에 옥죄는 심정
삶에서 벗어나려 애써본다

나무

사랑아
사랑아
알몸 되어 부끄러워 꼼짝을 하지 못한 채 우두커니
서 있는 바보 같은 사랑아
엄동설한에 살갗 부풀어 터지겠지만 추위도 지쳤는가
오염되어 오지 않으련가
저 멀리에서 발만 구르고 있나보다

동지는 지났다지만 그래도 긴긴 밤에
정수리에 앉아 졸고 있는 부엉이 탓하지 마라
그 또한 날지 못하는 게 아니라
추워 귀찮은 게지
서풍이 불 때까지 장승 된 채
감은 눈 뜰 수 없는 수치스러움
애써 눈감아 모면하려 하지 마라
지나던 바람 구석구석 다 들여다보고
만지고 지났단다

사랑아
사랑아
벌거벗은 사랑아
바라보는 나도 추워 움츠리는데
너는 얼마나 시리고 아프겠느냐
옷 한 벌 걸치지 못한 채 홀로 서 있는 너나
허전하게 홀로 쓸쓸한 나와 무엇이 다르겠느냐
너와 난 얽혀진 운명인가보다

빈 마음

그리도 사연 많고
할 일 많은걸
한 짐 가득 지고
힘든 줄 모르며
더 많은 짐을 지려
작대기에 힘을 주며
일어서려 했던
버거웠던 지게

이제 빈 지게만
지고 뒤돌아보니
아무것도 보이질 않고
작대기 땅을 끌며 지평선 같은
신작로를 거닐고 있네

지게에 매달리며
동행하던 많은 이들

흔적조차도 없고
초라해진 모습
걸음뱅이가 따로 있으랴
흔적도 추억마저도 사라지고

쉬엄쉬엄 기대며
황량하고 보이질 않는
길 앞엔 뽀얀 흙먼지만 회오리치고
흐르는 눈물 얼룩져 화폭이 되어버렸네

가벼워진 빈 지게
작대기 두드리며
또 다른 인연 맺으려
길을 떠나네
황혼에 짙은
노을빛 따라서

잊으려

바람도 길을 잃어 우왕좌왕하고

먼 바다에서 안개만 몰아와 놓고
어디론가 가버리는 새벽바람

무엇을 감추려
무엇이 보기 싫어 안개로 덮어놓고 가버리나

수많은 기억을 지울 수만 있다면 번민과 갈등을

기다림(I)

실바람 웃고
땅거미 지는 앞산

어둠을 재우려 달이 떠오른다
길 떠난 임 소식 기다리며 물바가지로 때운 끼니

애타는 기다림에 동삼월 지나 서풍에 잔설은 녹아
실신토록 울음에 토해낸 사혈

흘러 떨어진 핏물은
가녀린 가지에 물들고
돌아오는 임 보지 못한 채

이승을 떠난 한 많은 설움
서풍이 불 때 선홍색 물든 애달픔에
애가는 뒤를 따른 휘파람새가 애타게 부른다

잠든 진달래꽃잎 위에
달이 걸친 밤이 운다

소금(2)

움푹 패도록 내리는 비에 상처를 입은
갯벌이 천연두에 걸렸다

화살처럼 쏟아져 내리는 비에
온몸이 상처투성이다
둔탁한 수심에 기억마저 감추려는 듯
골 패인 길에 비춘 햇살의 입김에
혈액 채운 체온이 뜨거워진다
가끔 드물게 묵은 바람에
아픔을 토해낼 수 있다는 것
하얀 마음으로 재탄생하는 희열이다
물살에 내몰린다
무언에 차가운 별 하나 박아놓고
질척하게 마르지 않는 몸
하얀 몸, 그 빛으로 빛나는 인생을 긁어낸다

빛바랜 알갱이에 얹은 감정이 불꽃처럼 튀긴다

시간은 변하지 않은 채 흐르는데
물결치는 내 마음에 내려앉은 달
하루를 덮는다

담배

매일 초조와 불안 속
깊은 잡념에 한숨지으며
하얀 연기 긴 한숨으로
내뿜어 날려버린다

질근질근 씹는 쓰디쓴
걸레 같은 데서 배어 나오는
진액은 목을 넘기며
싸한 느낌에 표정마저 일그러져
뱉어버리고 길게 내뱉는 굴뚝에는
허무함만이 날아오른다

매캐한 미세먼지 허공에 맴돌다 사라지고
긴 흡입으로 혼미해지고 깊숙한 곳에 모인 유해물
폐부 안에서 떠돌다 사라진다

화차에 기적처럼 몇 번에 짧은

뭉텅한 소리 내고
아궁이에 물린 불쏘시개 횃불 같은 불빛만 반짝이며
재만 남아 툭 떨어진다

여운을 남긴 채
날아가는 연기 꼬리 흔들며 사라질 때
검게 그을린 아궁이 안에는 한 덩어리 허전함을 남긴다

품지 못할 꽃

하얗게 말라버린 입술은 터서 갈라져
핏기 없는 모습 촉촉함이란 찾기 어렵고
텅 빈 집엔 오고 가는 바람만 쉬어간다

울타리 안에 들여다보이는 모습엔
조용하고 비어 있는 듯 인기척마저
없고 세상 밖을 내다보려 틈 사이로 내민
한 송이 꽃 지나는 바람에게 꾸벅꾸벅
인사하며 즐거워한다

그리 넓지도 좁지도 않은 울타리 안에는
정갈한 모습 인기척 없고 조용하기만 한데
혼자 외로웠나 쓸쓸했나 밖을 내다보며 즐거움에
신이 난 저 꽃의 이름이 궁금하다

진동에 발걸음 소리 얼른 몸을 접어 안으로 들어가
미동 없고 기다려도 볼 수 없는 꽃

빈집에 홀로 피어 있는 줄 알았는데
주인은 있었고 외로워하는
저 꽃을 캐어 내 밭에 심은들
뿌리내려 살 수 있으려나
척박한 밭엔 살 수 없었을 거야
그냥 나의 마음에 심어놓고
그 향기와 아름다움 홀로 사랑하며 즐겨야겠다

봄이 찾은 산사

성숙해진 유혹의 손길과
각양각색으로 화장한 요염한 미소
유연히 살이 찐 몸매에
때 묻지 않은 속적삼이 바들바들 떨렸다
보시하려 찾아온 보살들
눈치만 보고 감히 품으려 덤비지 못한 채
저마다 담아 둔 마음은
옷 갈아입는 모습에 마음만 애끓고
대뇌에서 소뇌로 이동하는 전율

누가 벗겨놓았는가
흐트러진 매무새가 말라 건조해져 떨어진
지난 시절의 탈색된 마음들
둥지 찾는 산새처럼
사방으로 흩어진 묵은 살 비늘 고르는 때
보초나 간 바람이 망을 보던 풍경에게
내 존재를 알리려

종을 치는 노승의 손이 바빴다
꺼지는 촛불처럼 힘없이 염불 외며
깨질 듯 절 담 안에 울리는 목탁의
울음 우는 소리가 산사에 옷 입힌 봄

시주 나간 비구니 엉덩이가 산 중턱 걸터앉아
속세의 중생들 한참 동안 바라보다가
이 여인 품에 안겨 속세 떠난 삶을 인중에 묻으며
마지막 길을 예지한 노승
열반의 사리에 넋을 잃는다

제3부

이것이
사랑이더라

식탁

무릎 꿇고 두 팔 짚어 널찍한 등 기꺼이 내어준다
조그만 두레박 한가득 양식을 담아
입을 벌려 뜨거운 김 모락모락 피워낸다

나란히 누워 있던 형제
누웠다 일어나길 반복하며 열심히 입에 넣어주느라 바쁘다
마주하고 싶다
퍼 나르는 삽에 고단한 하루를 동행하게 하여 주지만
어명이 깨어나기 전 어둠은 잠이 든 채 미동조차 없다

많은 생각 속 되새김질에 밖을 내다보며
마음속 무기고 점검하고
문을 박차며 뭉퉁한 발 내디뎌 오늘 삶에 전쟁터로 향한다

젖어있는 풀잎 뒤에 매달린 풀벌레 깨어나길 거부하며
눈 뜨기조차 힘겨워 한다
고요 속에 시작하는 전쟁에서 승리하여
두레박에 담긴 양식 전리품으로 보상받는 시간
슬그머니 미소지어 본다

어둠을 열고 나갔다 어둠을 덮으며 돌아와
마주하는 이 없는 텅 빈 등 어루만져본다

불효자

품에 안겨 빨아 먹은
오동통한 젖꼭지
바라보던 얼굴에
흘러내리던 땀방울
내 이마 위에 떨어지고
수건 속 편안하고 행복해하는 품에 안겨 자랐다

아파하는 건 모르고
잠 설치며 일만 하는 줄 알았는데
고단하고 힘겨움에 한 많은 세월
당신 가슴속 울며 견뎌온 시간
이제야 알고 후회만 짓누른다

조금만 쉬다 오련다 하며
두 눈 감은 채 손 늘어트리고
말 못 한 채 머나먼 긴 여행길에
막차를 타고 편안하게 가는 모습

아름답기 그지없으나
소생 망자의 한이 맺힌 마음
그리움과 불효에 할 말 잊은 채
엎드려 그 모습 그리며
찢어지는 아픔에
목이 메입니다

이것이 사랑이더라

새벽부터 밤까지
일기예보 하는 나의 벗
바람이 쫓아올 때마다
대문 밖 처마 밑에
거꾸로 매달린 채
외침의 소리 땡그랑 땡그랑
방안에 소식 전하는 풍경의 전보
급히 내게 알려 준다

조공을 바쳐라
서서히 조여 오는 압박감
이것저것 내놔 봐야
딱히 바칠 세금 미약한지라
죄송스럽지만 기꺼이 받아주며
고마워하는 그 마음 고맙기만 하다

흔하디흔한 조공품목 앞에 앉아있노라면

빤히 올려다보는 모습
이리저리 손 움직임 따라
간택되길 바라며 분주하게
따라 움직이는 아름다운 모습
이것이 행복이고 사랑이더라

채워주는 미덕과 제 몸 아끼지 않고
넉넉하게 내어주며 미안함에 그 아름다움이
슬픔과 외로움을 오지 못하게 하여
긍정 속에 기쁨으로 감사하는 마음에
인사를 속으로 표현하며 하루를 버티게 해준
이 모든 것
이것이 사랑이더라

겹 동백

엄동설한 북풍에 손발 꽁꽁 얼어
부러지고 시리고 아리었다
서풍이 불어오니
굳은 몸은 생기가 돋아난다

모진 게 생명이라 했던가
무엇 때문에 동사할 수 없었던 건가
떨리는 목소리로 잔잔히 말한다
소락지 안에서 그때, 그대로 기다린다고

숨어 우는 바람 같이 보이지 않지만
머리에 낙화는 무등 타고 노닐 때
슬픈 긴 밤 지새우는
바람 소리는 뼛속까지 아름다움이 사무친다

마주하는 미소 속에 힘겹던 지난 시간은
축복 속 붉은 미소되어
오래도록 곁에 머물러 주길 바랐지만
지나가는 계절을 붙잡을 수 없다

봄

차가운 밤 너는 떨고
나는 따듯한 방에서
그리움에 휩싸여 있을 때
목이 타는 갈증에 숨이
막힐 것만 같아서 밖을 내다보지만

어둠 속에 우두커니 서 있는
너는 초라하고 쓸쓸하기만 해서 안타까웠어

밤을 깨트리며 외로운 나를
기다리는 거였나
쓸쓸한 너의 품에 안겨
온기를 나눠야 하는 것인가

오늘 밤 그런 너를 어찌할지
괴롭기만 하다

우수

춥다. 잠을 깨우려는 것인가
어깨 짓누르고 맵게 느껴지는 차가움
콧속에 들어가 숨바꼭질에 잠은 깨어나고
눈을 떠보니 어마한 장벽은 누운 채
떨어지려는 듯 내려다보고 있다

잠든 산천 토닥여 더 재우려나 깨우려나
눈비는 내려 흠뻑 적시고 보름 후에 깨어날 봄
투정에 바람 몰고 다니며 짓궂게 하겠지만
그래도 귀엽고 바라던 모두에 마음에 안겨 올 것이니
포근함을 가져다 주려나
허한 창고 같은 공간엔
온기 집을 나간 지 오래다

움직임에 쿵쾅쿵쾅 땅을 울리며
시린 구석을 찾아나서 거적을 덮어
보온하려는 본능이 정해진 것처럼 움직이며

밖으로 내다보는 눈
전깃줄에 매달린 하얀 명주실 타래
군데군데 떨어져 검은 흔적 표식으로
남아 알려준다

짓밟으며 지나는 냉정하고 차가운
시린 군대는 무참하게 마비시켜
꼼짝을 못하게 한다지만
잠든 생명 잉태하려 빛바래 찢어진
이불 겹겹이 덥고 빼꼼히 내다보며
지나길 기다린 채 납작 엎드려
귀를 세워 한숨만 쉰다

정들지 못할 그리움과 인연은
냉정하고 차가움에 뒤돌아서 가는 모습
그래도 아쉽기만 하다

으아리

산천을 헤매다
아름다운 마음 흘리고

찾아 헤매던 그녀는
결국 마음을 찾지 못하고

실신토록 울음 토해 쓰러진 넋
아름다움에 그녀는 나무 그늘 아래 앉아
오늘도 먼 산 아래 내려다 본다

위령선에 귀함을 점지하고
숨길 수 없는 하얀 아름다움
감탄이 절로 나오는 당신은
으아리
이리저리 한들한들 애간장 태우려나
실바람에 춤을 춘다

유월의 뜨거운 태양마저
시샘하는 당신의 소박함
산촌에 벗하며 밤에 선녀 되어
젖은 이슬 흠뻑 머금고 미소 짓는
으아리 당신
마음마저 참 아름답다

운무

감추고 감추려
덮어버리는 그녀
너울너울 춤을 추며
초목을 안아 감쌀 뿐이다

소리도 없고 냄새도 없다
다만 포옹하며 감추려
할 뿐이다

밀려오던 파도 겁에 질렸나
걸음 멈추고
호수가 되어버린 바다
그리 멀지 않은 계곡에
뻐꾸기 구슬픈 가락에
겸허히 고개 숙인 떡갈잎
미동도 없다

해 저녁까지 잔치를 치르고
석양이 불 밝히며
서두르는 발길 따라
벗어 덮은 하얀 치마
걷어 입고 사라지는
얼굴 없는 그녀
그림자조차도 없이
가버린다

베개

사랑하는 나에 부인은
어둠이 오기를 기다려
날 재운다

긴 긴 밤 함께하며 홀로 지내길
삼백예순날
함께하려 잠 못 이룬 밤도 많다

스치며 지나는 사랑하는 부인
늙지도 않고
슬퍼하지도 않고
화낼 줄도 모르는 순진한 여인
밤을 기다리다 꼭 안아 잠이 든다

애정(佳人)

누군가는 내게 무언으로 이렇게 말을 한다
당신은 행복한가요?

그러면서 행복하세요 라며
선물을 슬그머니 밀어놓고 가 버린다
볼 수도 없다
보이지도 않는다

뒷모습마저 없는
그림자조차도 없는
그는 누구일까요?

부르고 싶은데 부를 수가 없네요
왜냐면 그는 귀머거리요
나는 벙어리이기 때문이기에

썩어가는 오래된 묵은 씨앗도 싹이 날까요?

나

푹신한 매트리스 위에는 내가 없다

해 뜨기 전에 쫓겨났다
해진 후 집에 돌아오면 내가 없다
나는 어디에 있나

어쩌다 모처럼 여럿이 식사를 하게 될 때도
서먹해서인가 내가 없다
집안에 수저와 젓가락 거꾸로 꽂혀 색이 변해 가는데
사용할 사람이 없다

집에서 밖으로 나가 일을 할 때도
일하는 모습은 있지만 나를 쳐다보는 이는 없다

자동차에 몸을 맡겨가면서도
포장 잘된 도로 위를 내가 가고 있는데
눈길 봐주는 건 아무 것도 없다
텅 빈 방에서 혼자 있을 때 어둠은 때리지만
도망하질 못한 채 아침이슬 사라지듯
어둠은 나를 잡아먹는다

눈물

잠이 든 육신 깨워 흔든다
나가고 싶다
몸은 너부러져 움직이려 하질 않고 뒤척일 때
새벽닭 깨친다
아직은 어둑한데 여명은 밝아오고
하늘에 저 구름 밤새 별들에 시중을 들었나
축 처져 있다
솔밭 사이 비치는 금빛에 화살은 과녁도 없는데
연신 날아와 장엄한 아침을 맞이한다
떠오르는 해
소나무 가지에 걸터앉아 거드름 피우고
강한 햇살 눈을 때려
주르륵 고여 흐르는 날 아침

떨어진 짭조름한 눈물
씨앗이 되어 꽃을 피우려나

청소기

겨우내 집, 먼지 햇볕이 알려 준다
구석에 숨은 머리털.
언제 적 잃어버렸던 양말 한 짝
발바닥 부리나케 돌아다니며
치우고 치워도 줄어들 줄 모른다

길게 뻗은 팔 내저으며
불룩한 배 과식을 했나 보다
문틀에 숨은 먼지 도망하지만
둥근 몸 달려가 잡아내
꼼짝하질 못한 채 웅크리고 앉아있다

순간 정전된 듯 조용하고
적막이 쌓여 들이마시는 공기
나의 나태함을 꾸짖는다
열이 나서 뜨끈뜨끈한 몸
찬바람에 세수하고 다시 먼지 사냥한다

촛불

하얀 마음 하얀 몸 꺼질 수 없는 영혼 되어
몸 갈아먹는 어둠. 바람의 시샘으로 삼켜버린다

깜깜한 밤 우윳빛 육체 품어 밤새 포옹하고 애무해
깊숙한 곳에 박아놓은 뿌리 자리한 채
똬리 틀고 앉아
소리 없이 내조의 절개
가녀린 신음 나풀나풀
어둠을 품어 밝혀 주리라

때론 후들거리며 깊은 심장 속 맥박까지 요동치게
하지만 녹아 흐르는 열정에 불꽃 되어
그대의 얼굴 바라보며
한 걸음 한 걸음 다가서
가녀린 손에 거두게 하고 세상 끝까지 꺼져갈 불빛
으로 품에 안겨 잠들어
여명이 밝기 전 알몸 되어 잠에 묻힌다
나의 영혼 그대 가슴에 밝혀주리

나는 가요

아지랑이 춤을 추고
보리밭 이랑에 숨어 사랑 나누던
종달새 노랫소리 들으며 흔들흔들 꽃가마 타고
임 찾아 머나먼 길, 나는 가요
사랑하나 의지하며 기대어
고된 일상에 새벽녘에 풀벌레 울기를 몇 해이던가
길고도 긴 여정에 삶의 길을 말없이 걸어 왔네
행주치마에 흘리는 코 닦아주고
냇가에 흐르는 물 거친 손 세수시켜 씻겨주던
철부지 어린것은 벌써 허연 백발에
등이 굽어 있으니
세월도 참 야속하게 내몰듯이 흘러만 가고
살 맞대 마음 내던져 살아온 짧은 세월 속에
임은 가고 없지만 그리운 맘속으로
하염없이 부르고 또 부르며
밤새워 울어보기도 했네
대답 없는 임 야속하기만 하고

문풍지 이 마음 달래주려나 윙윙 우는 그 소리
애간장만 녹이고 문틈에 새어 들어오는 찬바람
왜 이리 밉기만 한가

고이 잠들어 나도 가요
그립던 임 따라 나도 가요
미웠어도 내 임이요
고왔어도 내 임이었더라
길게 늘어트린 삶에 끈 잘라 부여잡고
나도 따라가요
꽃가마 왔던 길엔 잡초만 무성하고
딸랑거리는 종 하나 매달고 나는 가요
북망산천 멀고도 험한 길 다시 오지 못할 이길
임이 갔던 길, 나도 따라가요
어린 코흘리개 철부지 애통하게 부르는 소리
뒤돌아보지 못한 채 꽃상여 타고 나는 가요

이별 연습

사랑하지만 사랑한다는 말
하지 못하는 마음
하지 못하는 것이 아니라
할 수가 없어서였어요
속으로만 사랑하며
마음으로 끌어안아 가야 하는 건
잊어버리려 하겠다는 다짐은
허상뿐입니다

진정으로 사랑하고 싶을 때
그림자조차 보려 하질 않는 것은
소중하게 간직하고픈 마음뿐입니다
정말로 못 잊어 보고 싶을 때는
마음속에 담아둔 모습
살며시 꺼내 보며 어루만져보고
그마저 잊고 싶어 헤어지고 싶을 땐
살며시 다가서 바라볼 뿐입니다

그것은 너무 헤어질 수 없었기 때문일 겁니다

내가 사랑하는 사람 앞에서 웃을 수가 있다면
행복해서일 테지만 정작 사랑받고 싶어서 일 겁니다
그 정을 지우려 할 땐 가로등 아래 서서
떨어지는 빗물에 젖어 씻어내며 시린 가슴까지
떠내 보내려 애쓰는 것일 겁니다
그러면서 오로지 당신만을 사랑한다며
빗물에 새겨 놓을 뿐입니다

이젠 알았나요
사랑을 보내야 하는 걸

복사꽃 피는 밤(탄생)

치마 속에서 붉은 꽃이 피어나고 하얀 얼음기둥은
해가 갈수록 그 아름다움
눈부시게 빛이 날 때
벌떼 달려들듯 수컷이
냄새를 쫓아 점령하려 한다

몇 번의 밤은 화려함보다
이 순간 수컷을 유혹하기 위해 농염한 석류처럼
붉은 입술을 터트린다

꽃병은 품에 머물며 아늑함 속에서 행복한 미소를 짓는다

새로운 꿈은 잉태하고 우윳빛 뽀얀 젖가슴 터질 듯하건만
누구에게도 허락하질 않는 곳을 마주 바라보며
튀어 나온 젖꼭지 쉼 없이 빨며 행복해 한다

천사에 모습 비단으로 감싸놓은 뽀얀 젖가슴을
서슴없이 내어준다

곰방대

구릿빛 주물 아궁이
용광로처럼 이글거리며 끓고
등대 껌뻑이듯 불빛이 이글거린다

폭발하는 화산 되었다
녹아 흐르는 듯하고
긴 파이프 타고 빨려 들어가는 하얀 연기 몽실몽실 내뱉는다

해소에 그르렁거리며 빨고 있는 입술은 떨리며
검은 얼굴은 수심 가득하고 한 모금 길게 빨아
내뿜는 입술은 상기되어 하얀 연기
허공에 맴돌다 사라진다

제4부

고단한 삶

사랑방

소복이 쌓인 눈. 바람 피해 툇마루 밑으로 도망하여
고무신 숨어 엎드린 채
창호지 문 두드린다

여물 삶는 시커먼 가마솥 기관차 화통 되어
칙칙거리며 새어 나와 바람 쐬며 마실 나가고
물 축여 부뚜막에 세워놓은 짚단
군불 지핀 사랑방에 들여놓고 사각사각 새끼 꼬는 오형제
사이좋게 마주 보며
끌어안고 즐거워한다

등잔불 춤출 때마다 찬바람 문풍지 울리고 헛기침하며
늦은 밤까지 새끼줄은 연타래 실처럼
윗목에 쌓여만 가고 등잔불 졸려 눈 감으려 할 때 일어나
툭툭 털며 나가는 초췌한 뒷모습 여위어
멍에 된 어깨엔 검불 앉아 졸고 있다

고단한 삶

쪽잠에 잠깐 눈 붙이고
새벽부터 늦은 밤까지
수없이 걸어야 한다.

무거움을 지탱하여야 하며 당연한 듯 불쑥 들어와
땅바닥에 머릴 쥐어박으며 우그려 넣고
어디에든 가야하며 웅덩이나 빗물에 흠뻑 젖으며
취기가 심한 밤 여기저기 몸 성할 날 없고
기어들어 가다시피한 날엔 벗어 패대기쳐
온몸 멍이 들어 구석에 처박힌 채
긴 한숨에 슬픔으로 밤을 지새운다

눈보라 몰아치는 겨울
시리고 아린 알몸으로
밑바닥 하염없이 걸어야만 했다
퀴퀴한 냄새에 머리 혼미해져도
벗어 도망할 수도 없는 노릇

형제 마주 보는 일 없이 자리 바꾸지도 못한 채
거부할 수조차도 없이 땅바닥만 자빠진 채 기며 살아야 한다

어쩌다 장례식장에 갈 때 만취에 곤죽 되어
아무 집이나 불쑥 들어가 질질 끌고 갈 땐 몹시도 괴롭고
아파도 참아야만 했다
늙어 기력 다하면 벗어 던져버리고
어느 쓰레기통에서 생을
마감할 때도 주인을 원망해본 적 없다

바보

내 마음에 처음으로
건네주던 한마디
사랑이 무엇이냐
물어본 그 사람
터벅터벅 걷다
고개 들었을 때
내민 하얀 작은 손
잡을 수 없었던 떨림은
멈출 수가 없었다

바람 한 점 없는데
아카시아 잎이
너울거리는 것은 왜일까
고갯마루에서 내려다보이는
넓은 들에 흩어지는
물안개의 춤사위
그 속엔 학이 춤을 추고 있었다

바람 따라 멀리 가버렸던
그 바보는 영영
돌아올 줄 모르고
작은 유리창밖엔
바보의 미소만
흩어져 사라진다

갈매기

텅 빈 그곳엔 지키는 이
외로워 발자국 남겨 벗하며
하루를 주검처럼 보낸다

찾는 이도 떠나는 이도 없이
핏기조차 얼어 시퍼렇게
하여도 포근히 품에 안아주려는
태양은 온기를 넣어준다

누굴 부르며 적막함 깨우려나
파도 물거품 뱉어내며
바닷물 말아 올려 주저앉힌다

텅 빈 바다 지키는 갈매기
시리고 찬 바람 불어도
하얗게 빨아주는 파도를 바라보며
깊은 망상에 잠겨 있다

봄

실바람은 웃어 땅거미 지는 앞산 정수리
어둠을 재우려 솔잎 찔리며
달은 빙그레 웃어 떠오른다

집 나와 길거리 기다림에
하얀 고무신에 그려진 연분홍 두견화
바람은 잠든 지 오랜데 흔들거리며
달빛 아래 서성이는 모습 쓸쓸하고 애처롭다

환한 빛 감추는 소나무 아래
잠을 청하는 가녀린 입술
꾸벅 졸고 쪽 찐 머리 위에
살아 움직이는 꽃이런가
휘파람새 처량하게 우는 밤
갈 곳 잃어 방황하는 흰 구름은
기다리는 마음 달래본다

뒷모습 가녀린 어깨에 움직임
실바람에 흔들리는 꽃술 같 것만
기다리는 여심에 마음은 흐트러져 있다

차창 스쳐 멀어져가는 모습 지나는 바람
꽃잎에 마음 말해 주려는 듯하다

자목련

봄바람마저 곤히 잠든 밤
휘파람새 솔밭에 구슬피 울고
구름은 달을 품어 잠들다 깨어나 두리번거린다

누구의 입술이려나
희미하게 보이는 저 붉은빛
눈앞에 아른거리며 보였다
사라지기를 몇 번을 하고 나서
당신 앞에 섰을 때
붉은 립스틱 바른 입술 내밀며
내게 다가오면 난 어찌하란 말인가

희미한 달밤 짙은 향기 내뱉고
뾰족하게 내밀어 눈감아 후들거리는 가슴 다듬이질
소리에 텃새도 놀라 깬다

품어야 하나 안아야 하나
진한 향에 취해 비틀거리며
두 눈 감고 입맞춤을 할까

목덜미에 얼굴을 묻고 기댈까
갈등이 머릿속에서 싸운다

가난

딱따구리 다람쥐에게 세를 주고
봄이 오니 집세 올려 주라 난리
겨우내 변변찮은 벌이에
집세 낼 엄두도 못 내고
끼니 걱정에 고단하기만 하다

세입자 다람쥐 얼마 남지 않은 도토리
알밤 양식 들고 집에서 나와 매달린
자식 손잡고 이리저리 갈 곳 찾아 헤맨다

아직은 밤바람 추운 터라
임시 셋방살이 바위네 추녀 밑을 빌려서
밤을 새우며 오갈 데 없는 이 밤
지나는 바람 기웃거리며 들여다보고
마주칠 수 없는 눈길 먼 하늘별을 헤아려 본다

산속에 집값도 올라서 집 구하기 어려워 고단함에
산 아래 불빛마저 차갑게 보인다

탈색

비가 내린다
세월에 비가 내린다
그칠 줄 모르고 내린다
내린 비 산사태 골이 패어
고단함이 매질한다

우산은 준비되어 있지도 않은데
비는 쉬질 않고 내려
두 어깨 들먹이고
마음속에 고인 빗물 흘러넘쳐도
세월에 비는 그칠 줄 모른다

가로등은 아직도 긴 잠에
깨어날 줄 모르는데 눈시울
적시며 세월에 비는 내린다

우산 속의 여인

신작로 웅덩이에 고인 빗물 피해
깡충 건너가는 저 여인
뒷모습 어디에서 본 듯한데
기억은 잠이 든 채 가물거리며 깨어나질 않고

도톰한 엉덩이에 뒷모습 낯이 익은 듯
발걸음마저 눈을 돌리지 못하게 하는
그런 당신은 도대체 누구인가요

내리는 가녀린 빗줄기처럼
긴 머리는 나풀나풀 춤을 추고
어깨에 매달린 핸드백은
시계추처럼 대롱대롱
사뿐히 걸어가는 당신은 누구인가요

어디에선가 본 듯하지만
뒤돌아서 보려 하질 않고
걷는 발걸음에 하이힐 뒷굽
발랑발랑 떨며 가는 저 모습
받쳐 든 우산도 춤을 추고
떨어지는 빗물도 춤을 춘다

봄날에

동맥으로 흐르는 봄,
막힘없이 적혈구 날랐다
매일 반복된 일상에 승차한 모양새는 다르지만
오로지 목적은 종착역을 향했다
아침에 정상의 혈압이
가끔은 사고도 나지만
때론 느리게 퍼 나르는 저혈압
잠깐의 시간은 멈춰 서성이고
눈을 감는다

끓여 익힌 가슴으로
한 치의 오차도 없이
심장이 건강하다고 소리칠 때
긴 호흡에 숨을 쉰다

백혈구가 분주히 재생하며
오염된 몸을 씻고
내일을 투자한 밤
하늘에 별빛이 파랗다

내 인생에 봄날이 다시 일어나 시작한다

달빛

앞산 정수리에 땅거미 어둠이 걸어온다
빙그레 웃는 달 솔잎에 걸려
아파하고 바람은 잠든 지 오래됐나
조용하다

달빛 아래 서성대는 진달래
기다리는 마음 모른 채
미소 감추고 가녀린 입 다문 채
잠을 청한다

포근한 달빛 품에 안아 눈 감아
희망의 행복 부르려 할 때
엄니에 나지막한 자장가 노랫소리처럼
휘파람새 처량하게 우는 소리
방황하는 마음 달래준다

나무

렌즈에 보이는 풍경 아름답기만 하고
고운 신부 부케에 꽃잎은 바람의 시샘에 이별하자
기다린 듯 연둣빛 여린 잎 달음질로 나와
꽃인 양 뽐낸다

겨우내 얼었던 몸 각질 떨어내며 새로운 희망에
종족 번식하려 남몰래 교미하여 잉태하고
신마저 느끼지 못하는 사랑에 푸른 옷자락 나부끼며
봄바람 불어 품에 안아 속옷 벗어 내어준다

푸른 옷 커질수록 몸은 불어 비대해지고
아름답다며 감탄에 오가는 이들 치마폭에 모여들고
저마다 자랑질에 최고임을 내세운다
가만히 듣자 하니 산천에 우리만큼이나
애환이 많기도 하다

하얀 원피스

봄볕 따가움에 나른하고 졸리기만 한 햇살이 마냥 밉기만 하다

뜨거운 날 하얀 원피스에 흘리는 눈물
얼룩진 모습 애처롭기만 하다

향기마저 잃어버린 그녀에 마스카라
하얀 원피스에 얼룩이 져 봄볕에 주저앉은
모습 어쩔 줄 모르며 엎드린 채
꼼짝을 못한다

바람아
불지 마라
지나는 임이 모습 보며
마음 아파하려니

생명

메말라 죽은 듯 바람마저
비껴가는 마른 가지

서풍에 따듯한 봄바람에
여인의 젖꼭지처럼
불뚝 튀어나와
벗으려 벗지 못하고 망설이다
두 눈 감고 젖모자 풀어 놓으니
볼록한 젖꼭지 뜨지도 못하는 눈
밤에 내린 서리에 죽은 듯하고
한낱 태양의 사랑에 삐쭉 눈을 뜨니
아름답고 사랑스러워라

눈을 감을 수 없어 까만 밤하늘
쏟아지는 별빛하고 놀다
아침 이슬에 졸린 눈 빼꼼히 뜨고 반기는
네가 바로 아름답고
사랑스러운 나의 여인이었구나

봄의 여인

촉촉이 젖은 얼굴
세수하고 채 마르기도 전
다정스레 웃으며 팔짱을 끼고
바라보는 그 모습 아름답기만 하다

봄나들이 하자며
마른 풀 덥수룩한
내 뚝 길 걸으며
봄을 부른다

바람마저도 숨어 지켜보는
아름다운 날 봄에 여인은
연분홍 치맛자락 한 손에 잡고
팔짱 낀 채 행복해하며
봄에 길을 거닐며 기뻐하는 하루
나를 안아 포옹하며 진한
입맞춤으로 환각시킨다

여명

새벽달 둠벙에
빠져있네
별들도 졸다가
하나둘 둠벙에 빠졌네

봄바람에 상수리 나뭇가지는
몰래 잎을 피워 텃새 신음소리
한여름 여치 우는
소리처럼 들려 애달퍼라

가뭄에 시냇물 졸졸 흐르고
갈증에 버드나무 단숨에 마시고
모른 척에 텃새 눈총에 딴전만 피운다

여인에 부푼 젖가슴처럼
초목은 앞 다퉈 내미는 입술
부풀어 오르고 그리 싫지 않은 새벽길

생각하는 마음에도
아침은 벌써 오는 듯
나른하기만 한데
무거운 발 땅이 붙잡아 놓으려 하질 않는데
아침 해 게으름 피운다며 눈총 준다

만나요

비가 내리면 만나요
장소는 그리 중요하지 않아요
시간도 필요하질 않아요

사계절 언제든 비가 내리면
만나요
비가 내리는 날에는
언제나 당신을
만나러 갈 거예요
당신도 비가 내리는 날에는
기다릴 거죠

비는 당신을 대신하여
울어 줄 테고 나와 만나고
헤어져도 당신은 울지 않을 테니
비가 내리면 우리 만나요

조그만 우산 밑에서 우리 만나요
봄비가 내려도 꽃비가 내려도
만나요

우리

비

나는 나는 구름에 자식이요
울분을 토하는 눈물이다

함석 골에 내려앉지도 못한 채 미끄러지고 떨어져
꼼짝을 하지 못한 채 너부러져 있다가
정신 차리고 엉금엉금 기어간다

여린 떡갈잎 씻겨주려 하나
빛바랜 묵은 갈색에 갈잎 젖지 않게 덮어주려
온몸 늘려내며 이리저리 나를 피해
애쓰는 모습 애처롭다
나는 구름에 자식이요
계절에 눈물이다

피어난 꽃잎도 슬퍼 입술 깨물며
소리 없이 흐느껴 운다
나를 원망해도 때리는 이 없고
욕하는 이 없지만 흔할수록 나를 귀찮아 하고
목마를수록 그리워 찾아 부른다

제5부

밤에 우는 파도

헤어져야 하는 사랑

수 없는 만남과 헤어짐
때론 지치기도 한다

이른 아침
새들에 재잘거림과
흉보는 소리에 눈을 찢어
자리에서 일어나
내린 이슬을 보노라니
삐져 외면한다

신분도 없고
표정도 없고
미소도 없는
그녀의 이름은
오늘

난
오늘을 사랑했지만
오늘과 또
이별을 해야만 한다

계절

그 애는 날마다 웃는 듯하고
슬퍼도 기뻐도
힘들고 괴로워도
헌신적인 사랑으로
자신을 주면서 좋아라 한다

그 애는 무언 속에
촉촉한 눈망울로
때론 바라보지만
그럴 때마다 자꾸
보고 싶어진다

잊지는 말아야겠지만,
때로는 멀리 도망치듯
가려 한다
그래서 그 애는
날 힘들게도 기쁘게도 한다

찬바람에 꽃을 주기도 하고
무더위에 흘린 땀으로
날 울게 하고
오색 원피스 입고
나풀나풀 춤추다가
금세 옷을 벗는다

그리고는
하얀 이불을 펴고
깊은 잠이 들어 싸늘한
입김으로 날 움츠리게 한다
그 애와 나랑은 무척이나
사랑하는가 보다
먼 훗날에도 변함없이
내 곁에서 그 애 품에서
나는 늙어갈 것이다

오월

붉은 입술 파르르 떨며
삶에 무게 힘겨워
아침 이슬에 젖어 운다

떠난 사람 돌아올 기약 없고
아직은 차가운 밤에 냉기 이기려
입술 깨물어 진한 핏빛으로
가냘프게 실바람에 떨고 있다

긴 한숨에 향기 내뿜어
전 하고픈 마음 알고 있나요
기다림에 지쳐 고개 숙여
울며 가는 붉은 장미에
슬픔을

밤에 우는 파도

앞산 별들이 졸고 있는 밤
항구에 품을 떠나
뛰어 나오고파 부르는 소리
왜 모르리 그 심정을

물 위를 미끄럼 타며 창백해진
너의 모습 바람에 꽃처럼 흔들리는 구나

여인의 옷을 벗는 소리인가
흐느낌의 소리인가
애절하게 들려 어두운 밤하늘 구름 사이로 새어 소리치는 소리
바람이 매질을 하나

어둠은 또 다른 추억을 낳아놓고
고독한 휘파람 소리처럼
가는 길 막아서려는 그 마음 나는 알지만

하얀 치약 거품을 내뱉듯 밀려왔다가 사라지며
소리 지르는 것은 고된 노동인가
깜깜한 밤에 홀로 우는 파도여

엄니(2)

뱃속에 열 달 동안 방세 없이 살면서도
고맙다는 말 한마디 하질 못하고
미루다 그만 때를 놓쳤습니다

몇 년 동안 당신의 영혼까지 빨아 먹으면서도
한 푼도 내어 드리지 못했는데도
그저 마냥 좋아라만 하셨지요
언젠간 갚아 드려야겠다는 마음뿐
세월만 흘려 보냈습니다

이자는 못 드려도 마음으로 원금이라도
갚아야겠다는 다짐은 저승까지 찾아가
갚아 드려야겠다는 불효로 되고 말았습니다

마를 대로 말라버린 나무뿌리인들 이보다 더 하리요
핏기조차 없이 여윈 모습마저도 볼 수 없고
그리 좋아하던 붉은 카네이션도 어디로

가져가 드려야 할지 갈피를 잡지 못하겠습니다

간밤에 찾아와 바라보며 말없이 웃던 그 모습
왜 한마디 말없이 슬그머니 가셨나요

새벽녘까지 기다려도 오시지 않더니
졸고 있는 사이 찾아와 웃어주시고
홀쩍 가버리시면 메지는 이 마음
어찌하란 말입니까

붉은 꽃 한 송이마저 전해 드릴 수 없는
무거운 빈손 저승에 가져다 드리겠습니다

봄 택배

택배가 왔다
봄을 담아 정성 들여
보내준 택배

많은 봄에 향기와
따뜻한 봄을
내게 보내주었네
누가 보냈나

지난봄에 사랑했던
그 봄에 여인이 보냈을까?

그 봄에 여인은
이 많은 봄을
어디서 구했을까

고맙고 감사한 마음
봄에 그 여인은
어찌 생겼을까?

가뭄

목 타는 갈증
입술은 갈라져
아리고 온몸 갈라져
터져만 간다

빛나던 눈동자
희미해져만 가고
커져 가는 푸른 잎은
흙먼지 덮어 주려 애쓴다

오월에 잔인한 장미향
고개 떨구며 긴 한숨에
흙먼지 발등에 올라와 처다만 본다

오월

오월이 오면 알몸에 자투리 헝겊으로
너덜너덜 옷을 걸친다

간혹 속살이 보이면 어쩌랴
그래도 내 그늘에 쉬었다 가는 이들
사는 이야기 푸념 덤으로 듣는걸
열두 달에 여왕은 나들이 나오고
초록에 옷들은 너울거리며 맞이하는 손길 분주하다

수행원 나비 열심 소식 알리고
벌들은 군사 풀어 삶을 연습하느라 쉴 틈 없고
가는 발걸음마다 화색이 돌고
손에 든 라일락 부케 짙은 향에 모여드는
관중 웅성거리며 앞 다퉈
꽃 속에 머리를 처박아 기뻐한다

여왕은 드레스 펼쳐 들고 속살 보이며
기쁨과 상쾌한 아침에 창을 열어준다

꽃게

아쉬움을 뒤로한 채
무거운 발걸음 재촉하며
빠져나가는 울음소리
젖은 안개 속 어부에 중얼대는
소리 따라 바다는 출렁인다

파도에 목마 타며 나가는
통통배 뒤뚱거릴 때
갈매기 길벗 동행하여
깊은 물 속 모래 속 흩어져
세상살이 고단하다며
게거품 토하는 서해 바다
만선의 환상 속에 설레는 가슴
갯바람에게 내어주고
고된 삶의 하루에 페이지를 넘겨 덮는다

피할 수 없는 올가미에 매달린 채
울분을 토하며 굳은 대족에 관절 꺾인 채
울음바다에 토하여 가슴 풀어헤쳐
노을빛 품은 바다는 이별 없이 황혼에 붉은 뜨거움
오늘도 출렁이며 노래한다

덩굴장미

처음엔 지나쳤어
울타리 너머로 내민 손
관심도 가지려 하질 안했었지
진한 마취제 뿌리며 날 기절 시키려 할 땐
심장 뛰는 가슴 토닥이며 달래기도 했어

이제 조금 알 것도 같아
그냥 지나친 발걸음
심통이 났던 게지
붉은 얼굴 두껍게 덮어 속내를 숨기려 한걸

진심으로 말할까?
그대의 손으로 겉옷 벗기고 안아봐
혼미해지는 달콤한 마취는
곧 당신을 갖고 싶다는
신호일 거야 나풀대는 가녀린 입술은
나비의 날개 얼마나 갖고 싶음
스스로 옷을 벗어 담장 너머 던지겠어

찔레꽃

소복에 탐스러운 부케
양지에 서성일 때 바람은 다가와
짙은 향을 안아 십 리 밖에 내려놓고
달콤함에 젖어 되돌아가는 발걸음
숨은 턱밑을 두드리며 쉬자고 한다

희미한 그림자 돌아올 기약은 없고
구름 속에 숨은 달 애처롭게 내려다보는 밤
서쪽 새는 왜 이리 구슬피 우는지
고독함에 사랑한 것이 슬픈 전설 되었나
일편단심 누구에게 쉬 몸을 허락하지 않으려
가시 옷 입고 오로지 하나의 기다림에 흘린 눈물
발밑 질척하게 고여 흐르고
한 아름 하얀 부케
기다림은 누구에게 던지나
장미는 단장하기도 전에
몸싸움에 흐느끼며 울어 떨어져 운다

모내기

대랭이논 흙탕물 가라앉히려
토닥이는 실바람이
조용히 물결치며 미소 짓는다

푸름이 하나씩 심어질 때마다
짊어진 고뇌마저 묵묵히
하나둘 대머리 된 논바닥에
희망을 심어 나간다

철퍼덕
철퍼덕
송곳 같은 두 손가락
질척한 수렁 뻘속에
깊숙이 꽂아 놓으며
한발 두발 옮겨 놓는 장화 속
젖은 발가락 사이로 물집이 잡힐 때
말이 없던 당신의 달궈진 머리는

심장까지 화기가 전이되고
논둑에 기대어 속마음 중얼댄다

누런 개꼬리 같은 이삭을 기다리며
긴긴 눈보라 치는 겨울밤 따듯하게
가족에 배를 채우겠구나 생각 하니
기쁨에 힘이나 뼛속이 부드럽기만 하다

논두렁으로 튀어 나간 개구리
젖은 바지 가랑 사이로 폴짝 뛰어나가
풀 속에 숨어 앉아 눈 만 껌뻑일 때
온몸 감아 도는 바람머리 헝클어놓고
논배미 어린 묘 쓰러트리고 도망한다

이앙기

뾰족한 창끝에는
수정 같은 이슬 맺히고
골프장 푸른 잔디 캐디 없이
텅 비어있다

탈모된 널찍한 대머리에
철컥철컥 한 올 한 올 푸른 머릴 심는다

볼품없이 넓은 대머리엔
한 올 두올 심어져 어느새
멋쟁이 만들어 놓고
뒤돌아보고는 신이 나서 미싱되어
흙탕물 찚으며 달린다

심어 놓은 푸른 머리 바람은
빗질하여 주며 논두렁에서
춤을 춘다

선풍기

밤마다 거친 숨 몰아쉬며
이리저리 쉼 없이 노동을 해도
보수는 주질 않는다
발가벗은 알몸 바라보며
어둠 속 어지럽게 돌아야만 하고
온몸에 해열은 점점 달아올라
물 한 모금조차 가까이할 수가 없어
마음속 목욕해 본다

뽀얀 속살에 알몸
비누 냄새 풍기며 문 열고 나가면
그제야 열 식히며 고단한 몸 잠을 청해본다
세월은 변형시키고
늙어가는 모습 감출 수가 없는가
해소 끼에 가랑가랑
가쁜 숨소리에 신경 쓰인다며
번쩍 안아 문밖에 내치고
새로운 일꾼 들여와 소리 없이 알몸을 어루만져 재우지만
그도 머지않아 내칠 것인데
알지 못한 그는 쉼 없는 노동에 즐거워하며
가쁜 숨만 몰아쉰다

당신은 나그네

당신을 사랑할 수밖에 없었네요
꽃 피는 밤. 바람은 차갑기만 한데
하룻밤 만남에 당신은
아침이면 다른 여인으로 변하여 있었네요

벌과 나비도 없는 쓸쓸하고 기다림에
갈림길 당신은 밤새 변하여 있었네요

한평생같이 할 수 없을 거라는 걸
알면서도 이제는 남이 아닌
당신과 나 미소와 향기로
아침마다 내조하며 웃기만 하고
그런 당신의 결실을 즐기며
고마움을 간직합니다

창밖에 새벽은 아직 차갑기만 한데
새벽부터 반기려 하는
당신은 나그네 그 이름
기억 속에 담아 간직할 겁니다

홍매화 당신

푸념

밤비가 내리는 이 밤
내가 당신
사랑해도 될까요?

얼마나 많은 시간을
함께해야 당신의 사랑을 가질 수 있을까요?

내가 당신을 훔치고 싶은데
가만히 있어 줄래요 ?
모른 척하고요

내가 죽었어도
당신은 날 사랑할 수 있을까요?

공생

거친 몸 휘어 감고 알몸 어루만지며 포근히
감싸 안아 애무하던 당신은 천상에 선녀였다

삼복에도 시린 몸 동지섣달
찬바람에도 땀이 나도록
감싸주며 토닥여주고 향기 짙은 입김은
너울대는 푸른 잎 춤을 추게 하였고
손끝에 매달린 당신은 힘이 되어 주었다

낙엽이 져도 떨어질 수가
없었던 당신
바람이 불어도 날리지 못하는
우리에 사랑 앞에 천지도
부러워했건만
운명에 끝은 여기까지였던가
또 다른 품으로 휘감아 안기고
검게 탈색되어 버린 몸

기력 다하여 뻗친 손끝에
희망을 피우려 하지만
쇠약해져 늘어만 진다

떠난 자리엔 지울 수 없는 깊은
흉터만 남고 흐르던 빗물도
슬퍼 울며 곤두박질친다

피우지 못하는 아픔은 파란 낙엽 되어
흐느끼며 떨어져 뒹굴고
검은 서릿발 된 몸 고사된 채
날아가는 산새마저 외면하고
지나는 바람도 비켜간다

다른 모습

푸름은 하나요
부는 바람도 하나요
짙은 향도 하나요
모습은 둘이요
생김새도 둘이다

집 나와 나들이에 키재기 하며
깨금발로 목을 길게 빼고 실 눈떠서
높은 하늘 바라보다
가냘픈 입술 흔들며 노래한다

눈길 주는 이 없는 담 밑에 기대어
발걸음 진동은 가슴 울리게 하고
중매쟁이 벌은 날개 찢으며 오간다

작년에 그 사람에 파운데이션 냄새는
가시에 걸린 채 오가지 못하고 찾을 생각

조차도 없이 머나먼 태평양 푸른 바다에
향기 뿌려 띄운다

쉼 없이 퍼 나르는 나의 영혼에 향기는
어디에 멈춰 서성이려나
기다림은 허무하고 떠나는 것은
미련을 던지고 간다

피었다 지는 것은 꽃이 아니고 사람이요
시드는 것도 꽃이 아니라 마음이다

찾아 왔던 발걸음은 꽃을 피우기 위함이고
돌아가는 발걸음은 피운 꽃을 꺾어놓았기에
돌아올 수 없을 뿐이다

텅 빈 주방

어둠이 춤을 추는 이른 새벽
딸깍딸깍
큰 솥엔 큰아들 밥
작은 솥엔 작은 아들 밥

이슬 젖은 푸성귀가
된장 옷을 입고
들깨 먹은 머윗대는
엄마 손 지느러미를 핥는다
자명종 소리가 귓밥을 긁을 때
꼼짝 않는 미동
흙내 나는 엄마의 냄새가
오줌발을 세운다

반절만 솟아오른 태양에게
천도가 넘는 화기가 부른
새벽밥을 먹이는 엄마

오늘 그 엄마는 안 보이시고
이제 매일 울 엄마는
밤에 잠들어 있을 때만 다녀가신다

□ 서평

향토적인 서정미와 건강한 삶의 미학

최 봉 희(시조시인, 글벗 편집주간)

김성수의 시집 『길 잃은 바람』에 수록된 113편의 작품을 정독했다.

김성수 시인의 시집에서 느낄 수 있는 특별한 점은 향토적인 자연미와 토속적인 삶의 미학을 일관되게 추구하고 있다는 것이다. 이러한 그의 시 세계는 무엇보다도 그의 고향인 태안에 관계되는 바다와 자연, 그리고 삶을 노래하고 있기 때문이라고 생각한다. 체질적으로 도시지향을 거부한다. 농어촌이라는 토대 위에서 건강한 삶의 미학을 보여주고 있다고 하겠다.

비록 그의 작품이 서정시라는 자유로운 시 형식 속에서 작품 속에 내재하는 시 정신이나 철학, 색채와 분위기, 착상과 암시 등에서 그의 삶을 그대로 표현하고 있다. 다시 말해 향토적 현실을 가슴 깊이 노래하고 있다.

그의 시에 나타난 향토적 서정의 미학은 그가 지향하고자 하는 의식의 표상으로 일구어낸 결과이다. 대체로 김성수의 시 세계를 세 가지 측면에서 분석해보았다.

첫 번째는 시의 소재와 공간이라는 향토적 건강성을 지니고 있다는 점이다.

김성수의 시 작품에 있어서 자연의 대상은 단순히 감상적인 느낌이나 감탄의 대상만이 아니다. 태안의 토박이로서 자연과 풍물을 함께 하면서 살아가는 동안 이를 예사로 받아들이지 않고 그 무엇인가를 찾아내고 있다. 다시 말해 그의 시 속에 인간과 삶의 의미를 유추하고 반영하고 있다는 것이다.

  출렁임에 모래들은 몸을 내어주고 눈을 감는다

  하늘 높이 솟아 탑을 쌓는 물기둥 돌탑이 되려고 애를 써도 부서지며 주저앉는 소리 곱절 크게 지를 뿐이다

  부는 바람은 길게 뻗어 올라 힘을 더해주지만 어린 아이 뒤뚱거리듯 걸음마에 넘어질 뿐 하늘 향해 물구나무 서본다

  몸을 던져놓고 마음도 던져 길게 뻗은 하얀 다리 쓰러지고 모래집에 떨어져 아파할 뿐
  도망하는 갈매기에 날갯짓 소리만 지를 뿐이다
  - 시 「파도」 전문

시의 내용에 있어서 자연의 원시성을 발견하면서 심화된 시인의 세계, 즉 내면적 깊이를 만날 수 있는 작품이다. 파도가 치는 바닷가에서 모래와 바람, 그리고 갈매기는 함께 살아가는 존재로 어떤 욕망도 허망할 뿐 그 소리에 묻히고 마는 것이다. 그 소리는 형체가 없다. 하지만 생명을 지니고 있다. 그 생명은 무엇인가. 어느 상황에서도 좌절하지 않는 건강성이다.

그의 또 다른 시 작품「겨울바다는」을 살펴보자.

겨울 바다는
쓸쓸해서 울고
추워서 울고
외로워서 운다

그나마 햇볕이 떨어져
위안되지만
외롭고 쓸쓸함을
달래주는 이 없고
함께 하는 이 없어
슬퍼서 또 운다
- 시 「겨울바다는」 전문

소리는 인간들의 정체다. 형체는 없지만, 시인이 감지하게 되는 인간의 행동과 사고를 포괄하는 개념이라고 할 수 있다. 시에서 보는 것처럼 바람 소리는 나뭇가지에 존재의 의미가 있다. 파도 소리는 바다라는 공간적 전제에서 의미의 생명을 얻는다. 즉물적 대상에서 시선을 인간으로 옮겨보면 어떨까?

인간 존재의 의미는 어떤 소리에서 시작된다. 그리고 인간들의 소리는 도대체 어떤 모습으로 시 작품에 구현되는 것일까? 어쩌면 인간은 나약한 존재이며 홀로 살 수 없는 존재라고 시인은 인식한다. 시인이 바라보는 인간들의 모습은 다양하다. 원으로 혹은 삼각형이나 사각형으로 그린 천태만상(千態萬象)이다.

메마른 가지에 촉촉이 젖어있을 때 맺힌 물방울이 외로워 보이는 것은 아마도 너무 아름다워서 그리 보일 뿐 너를 떠나보내고 또 다른 너를 찾아 헤맨다
– 시 「다시」 중에서

이 시는 세파에 시달리는 삶의 모습들을 그린 것으로 짐작된다. 메마른 가지가 아름답고 눈물을 흘리고 외로움과 아픔 속에서 사람을 떠나보내고 맞이하는 것이다. 시인은 사물과 대상을 안쓰러운 마음으로 바라보는 것이다. 그러나 세상에 대한 회한으로 가슴앓이만 하는 것만은 아니다. 견디어 내고 이겨내려는 의지를 표명한다. 그

리고 떠나보내고 또 다른 너를 찾아 나서는 일을 아름다
운 일이라고 말한다.
 그렇다면 힘겨운 삶을 견디고 이겨내는 힘은 무엇일까?

 출렁임에 모래들은 몸을 내어주고 눈을 감는다
 하늘 높이 솟아 탑을 쌓는 물기둥 돌탑이 되려고 애를 써도
 부서지며 주저앉는 소리 곱절 크게 지를 뿐이다

 부는 바람은 길게 뻗어 올라 힘을 더해주지만, 어린아이 뒤
 뚱거리듯 걸음마에 넘어질 뿐 하늘 향해 물구나무 서본다

 몸을 던져놓고 마음도 던져 길게 뻗은 하얀 다리 쓰러지고
 모래집에 떨어져 아파할 뿐
 도망하는 갈매기에 날갯짓 소리만 지를 뿐이다
 – 시 「파도」 전문

 채워주는 미덕과 제 몸 아끼지 않고
 넉넉하게 내어주며 미안함에 그 아름다움이
 슬픔과 외로움을 오지 못하게 하여
 긍정 속에 기쁨으로 감사하는 마음에
 인사를 속으로 표현하며 하루를 버티게 해준
 이 모든 것
 이것이 사랑이더라
 – 시 「이것이 사랑이더라」 중에서

시인은 파도처럼 모든 것을 내어주고 넘어지면서도 삶을 버틸 수 있는 요소는 사랑이라고 말한다. 그렇게 말할 수 있는 것은 오로지 제 몸 아끼지 않고 넉넉하게 내어주는 헌신과 긍정적인 생각, 그리고 감사하는 따뜻한 마음이 아닐까?

택배가 왔다 / 봄을 담아 정성 들여
보내준 택배

많은 봄의 향기와 / 따뜻한 봄을
내게 보내주었네
누가 보냈나 / 지난 봄에 사랑했던
그 봄의 여인이 보냈을까?

그 봄에 여인은 / 이 많은 봄을
어디서 구했을까

고맙고 감사한 마음 / 봄의 그 여인은
어찌 생겼을까?
– 시「봄 택배」전문

봄이라는 택배를 보내준 사람은 어느 여인이다. 그 여인은 어떤 모습일까? 그리고 그의 모든 일상이 사뭇 궁

금하기만 하다. 하지만 시인은 감사의 마음을 전한다. 봄은 감사의 마음인 것이다.

둘째는 일상적인 삶 속에서도 속화되지 않고 끝까지 인간 본연의 순수한 미를 잃지 않으려는 그의 미의식이다.

다시 시작해 본다
너를 찾으려고 차가움은 길을 막아서지만 다가가는 마음은
쉴 수가 없어 잠든 깊은 밤에 너를 부르며 찾아나서 본다

불타버린 지난 계절에 추억은 꺼낼 수 없지만 기억 속에
남아있는 너의 흔적만을 더듬어 찾아 본다
- 시 「다시」 중에서

시인은 순환하는 계절 속에서 무엇인가를 계속해서 또다시 찾고 또 찾는다. 다시금 시인이 찾는 것은 도대체 무엇일까? 그 해답은 다음의 시 작품을 보면 알 수 있지 않을까?

몰래 마주 보며 얼굴 붉힐 때
후드득 팔매질하며 던지는 솔방울
순간 껴안고 나무에 기대어 숨결을 느껴본다

빗나가 망가져 버린 채 힘겹게
잡은 허리에 느껴지는 경련

잡았던 손 풀어 놓아 떨어트리고

찢어진 운명 속에 떨어지는 눈망울
뺨을 타고 흐를 때
둘은 마주 보고 떨어지는
눈물 닦아주며 바라보는
모습에 슬퍼 외면해 버리는 얼굴
작은 떨림이 나지막하게 소리친다

바람도 비켜 가는 사랑은
감은 눈에 떨어지는 수정 같은 눈물
가쁘게 몰아쉬는 숨소리는 깊은 키스 소리 덮어준다
— 시 「숨어 하는 사랑」 전문

 시인은 어쩌면 숨어 하는 사랑, 몰래 하는 사랑을 하는
지도 모른다. 그 사랑은 바람도 비켜 가는 사랑이며 뜨
거운 입맞춤이 있는 맑은 사랑이리라. 그런 면에서 시인
은 이 시대의 휴머니스트가 아닐까?
 셋째는 스스로 반문명적인 입장에서 원초적인 자연과
동화된 물아일체(物我一體)의 모습을 보여주고 있다. 그
것은 바람으로 혹은 바다, 태양, 구름 등으로 자연과 하
나 되는 의인법으로 혹은 은유로 구현된다.

 벌써 시간이 앞서가며 손짓하네. 아무것도 해줄 수 없는 이

몸 너의 외로움 함께 할 수가 없어

미안해

가녀린 작은 몸 떨어져도 갈 데가 없어
앙상한 너의 쓸쓸함 곁에서 함께 하여 줄게
추운 겨울 발 시릴까 봐 너의 발 덮어주며
너와 함께 잠들 수 있어 기뻐

이대로 너를 두고 가진 않아 너와 함께 할 거야
내가 깊은 잠에 있을 때
또 다른 인연으로 다가올 그 날을 기약하며
외로워도 견뎌내

나는 이제 갈게
- 시 「작은 잎새의 이별」 전문

이처럼 그의 시에 있어서 모든 사물은 대부분 의인화되
어 등장한다. 앞에서 언급한 시 「봄 택배」에서도 그렇
다. 사물은 시인에게 말을 걸어오기도 하고 메시지를 전
달하기도 한다. 모든 대상을 의인화해서 의사소통을 시
도하는 것이다. 이 기법은 사물에 대한 깊은 애정이 있
을 때 사용하는 효과적인 방법이다. 이는 시인이 바라보
는 사물에 관한 이야기에 집중하는 객관적인 정서를 표
현한 것이다. 더불어 사물을 바라보는 시각을 넓게 확보
하려는 의도이기도 하다.

구름 아래 걷는 발걸음
뒷굽에 눈물 고이고
이리저리 길 안내하는 바람아
어디로 가란 말이냐

하나둘 만난 인연 동행하며
찢어진 의복 한 벌 귀 떨어진
사발에 허전함 끼니로 채우며
산봉우리 지는 석양 잡아먹는
바다의 입에 함께 빠지고픈
길 잃은 그림자
긴 한숨에 낮달 잠든다
- 서문 「길 잃은 바람과 세월 동행」 중에서

　그의 시집 서문에서 밝힌 바와 같이 그의 시 세계는 자
길 잃은 바람처럼 그렇게 세월과 함께 살아가는 것이다.
그 바람은 길을 잃고 방황한다. 하지만 태양과도 구름과
도 함께 하는 삶인 것이다. 그 자연은 시인과 함께 있다.

　춥고 시려서인가 / 마음 힘들어서였나
　온기조차 없는 빈집엔 / 바람만 기거하고
　쇳대 없는 대문 / 입 다물었다 벌렸다
　이빨 가는 소리

마당에 갈색 염색한 잡초
품에 잠든 낙엽
– 시 「폐가」 전문

그의 시속에는 나와 대상 사이에 감정이입이 자주 일어
난다. 이렇게 되면 소통의 통로가 활짝 열리게 되는 것
이다. 그는 향토적인 자연과 더불어 사는 맑은 영혼의
소유자 이자 휴머니스트요, 시인인 것이다.

이상에서 살펴본 바와 같이 김성수 시인의 시의 특징은
시의 소재를 자연 공간이라는 향토적 건강성을 지니고
있다. 그 때문일까? 일상적인 삶 속에서도 속화되지 않
고 끝까지 인간 본연의 순수한 미를 잃지 않는 미의식을
만날 수 있었다. 특별히 원초적인 자연과 동화된 전통적
인 물아일체(物我一體)의 시심(詩心)은 우리가 주목해야
할 그의 시 세계라고 해도 좋겠다.
다시금 그의 열정적인 창작 활동과 향토적인 서정미가
담긴 그의 건강하고 아름다운 시심을 배웠다. 그의 고향
을 담은 삶의 철학과 건강한 미학을 존경한다.
앞으로도 우리 문단에서 아름다운 시심과 시낭송으로
행복한 세상을 만드는 김성수 시인의 건필과 건승을 기
원한다.

■ 글벗시선 107 김성수 시집

길 잃은 바람

초판인쇄 2020년 8월 25일
초판발행 2020년 8월 25일
지 은 이 김 성 수
펴 낸 이 한 주 희
펴 낸 곳 도서출판 글벗
출판등록 2007. 10. 29(제406-2007-100호)
주　　소 경기도 파주시 와석순환로 16,(야당동)
　　　　　 롯데캐슬파크타운 905동 1104호
홈페이지 http://guelbut.co.kr
E-mail juhee6305@hanmail.net
전화번호 031-957-1461
팩　　스 031-957-7319
가　　격 12,000원
I S B N 978-89-6533-145-2 04810